CATALOG[UE]

DES

LIVRES D'ARCHITECTURE

BEAUX-ARTS, ART MILITAIRE

EXEMPLAIRE DES

CONTES DE LA FONTAINE

Edition des Fermiers généraux

GRAVURES

COMPOSANT LE CABINET

DE FEU M. PENGUILLY-L'HARIDON

Directeur du Musée d'artillerie

DONT LA VENTE AUX ENCHÈRES PUBLIQUES AURA LIEU

HOTEL DROUOT, SALLE N° 4

Le lundi 3 juin 1872

A DEUX HEURES PRÉCISES

Exposition avant la vente de une heure à deux

Par le ministère de M⁰ **DELBERGUE-CORMONT**, commissaire-priseur, rue de Provence, 8
M. **CLÉMENT**, expert, rue des Saints-Pères, 3

PARIS

IMPRIMERIE DE PILLET FILS AINÉ
RUE DES GRANDS-AUGUSTINS, 5

1872

CATALOGUE

DES

LIVRES D'ARCHITECTURE

BEAUX-ARTS, ART MILITAIRE

EXEMPLAIRE DES

CONTES DE LA FONTAINE

Edition des Fermiers généraux

GRAVURES

COMPOSANT LE CABINET

DE FEU M. PENGUILLY-L'HARIDON

Directeur du Musée d'artillerie

DONT LA VENTE AUX ENCHÈRES PUBLIQUES AURA LIEU

HOTEL DROUOT, SALLE N° 4

Le lundi 3 juin 1872

A DEUX HEURES PRÉCISES

Exposition avant la vente de une heure à deux

Par le ministère de Me DELBERGUE-CORMONT, commissaire-
priseur, rue de Provence, 8
M. CLÉMENT, expert, rue des Saints-Pères, 3

PARIS

IMPRIMERIE DE PILLET FILS AÎNÉ

RUE DES GRANDS-AUGUSTINS, 5

1872

CATALOGUE

DES

LIVRES D'ARCHITECTURE

BEAUX-ARTS, ART MILITAIRE

COMPOSANT LE CABINET

DE FEU M. PENGUILLY-L'HARIDON

1. — Essai sur l'Architecture militaire au moyen âge, par M. Viollet-le-Duc, architecte du gouvernement. *Paris*, 1854. 1 vol. in-4, demi-rel. *Fig.*

2. — Napoléon Ier et la garde impériale; texte par Eugène Fieffé, des archives de la guerre; dessiné par Raffet, *Paris*, 1859. 1 vol. in-4. *Fig.*

3. — Costumes français civils, militaires et religieux, depuis les Gaulois jusqu'à 1834; dessinés d'après les historiens et les monuments, et publiés par Herbé. Édition de 1837. 1 vol. grand in-4, demi-rel. mar. brun. *Fig. en couleur*.

4. — Du costume militaire des Français en 1446, par René de Belleval. *Paris*, Aubry, 1866. 1 vol. in-4, demi-rel. mar. rouge. *Fig.*

5. — 105 planches ayant rapport à l'art militaire, autographiées par Lorédan Larchey. 1 vol. in-4, broché.

6. — Armée russe. A Sa Majesté Nicolas 1er, empereur de toutes les Russies, par le comte Pajol. 1 vol. in-fol. en feuilles. *Fig. en couleur.*

7. — Costumes militaires français, depuis l'organisation des troupes régulières en 1439 jusqu'en 1789. Dessins et texte par **MM. D.** de Noirmont et Alfred de Marbot. 2 vol. Exemplaire incomplet.

8. — Costumes historiques des xvie, xviie et xviiie siècles, dessinés par **E.** Lechevallier-Chevignard, gravés par **MM.** Didier, Léopold Flaming, Laguillermie, etc.; avec un texte historique et descriptif par **M.** Georges Duplessis. *Paris*, librairie d'architecture de **A.** Lévy. 49 livraisons.

9. — Costume du moyen âge, d'après des monuments d'art et des manuscrits contemporains. *Paris*, 1847. 2 vol. in-8 brochés.

10. — Engravings of sepulchral Brasses in Norfolk, tending to illustrate the Ecclesiastical, Military, and Civil costume as wellas to preserve memorials of ancient families in that county, by John Sellcotman, Esq., etc. *London*, 1838. 2 vol. in-fol., demi-rel. mar. violet.

11. — Maniement d'Armes, d'Arquebuses, Mousquets et Piques, en conformité de l'ordre de Monseigneur le prince Maurice d'Orange, comte de Nassau. *Amsterdam*, 1608. 1 vol. in-fol., veau. *Fig.* par Jacques de Gheyn.

12. — La Science héroïque, traitant de la noblesse, de l'origine des armes, etc.; le tout embelly d'un grand nombre de figures en taille-douce sur toutes ces matières, par Marc de Wilson, sieur de la Colombière. *Paris*, 1644. 1 vol. in-fol., demi-rel. dos et coins.

13. — Collection d'anciennes bouches à feu danoises du xive au xviiie siècle, autographie par C.-A. Grunth. *Copenhague*, 1861. 45 planches imprimées en couleur, in-fol. avec texte, renfermées dans un riche portefeuille.

14. — Nos compagnons fidèles, conversations d'un père avec ses enfants. *Paris*, Didot. 1 vol. in-4 cart. *Fig.*

15. — Fables de La Fontaine, avec les dessins de Gustave Doré. *Paris*, L. Hachette, 1868. 1 vol. in-4, demi-rel. mar. vert.

16. — Atala, par le vicomte de Chateaubriand, avec les dessins de Gustave Doré. *Paris*, L. Hachette et Ce, 1863. 1 vol. in-fol. cartonné.

17. — La légende du Juif-Errant, compositions et dessins par Gustave Doré. *Paris*, 1856. 1 vol. in-fol. cart.

18. — Alfred Tenyson. Genièvre, poëme traduit de l'anglais par Francisque Michel, avec neuf gravures sur acier d'après les dessins de Gustave Doré. *Paris*, Hachette, 1868. 1 vol. in-fol. cartonné.

19. — L'Enfer de Dante Alighieri, avec les dessins de Gustave Doré; traduction française de Pier-Angelo Fiorentino, accompagnée du texte italien. *Paris*, 1861. 1 vol. in-fol., demi-rel. mar. rouge, dos et coins.

20. — Paul et Virginie, suivi de la Chaumière indienne, par Bernardin de Saint-Pierre. *Paris*, Furne, 1863. 1 vol. in-4, demi-rel. mar. rouge. *Fig.* de T. Johannot.

21. — Vieux noëls illustrés, airs primitifs recueillis et arrangés pour le piano par l'abbé Rastier. *Paris*, L. Hachette et Ce. 1 vol. in-fol. cartonné.

22. — Le Jugement dernier de Michel-Ange Buonarotti, accompagné d'un texte explicatif et historique, dédié à l'école française; dessiné d'après l'original, lithographié et publié par M. Guillemot. *Paris,* 1828. 1 vol. in-fol. cartonné.

23. — Histoire des peintres de toutes les écoles, depuis la Renaissance jusqu'à nos jours, par M. Charles Blanc. 306 livraisons.

24. — Œuvres de A. Rolland. Suite de quarante-quatre lithographies par Mouilleron, Le Roux, François Laurens et autres. 1 vol. in-fol. en portefeuille.

25. — Galeries historiques du palais de Versailles. Album. *Paris,* Garnier frères, 1853. 1 vol. in-4, demi-rel. mar. brun.

26. — La Revue comique à l'usage des gens sérieux. Novembre 1848. Avril 1849. 1 vol. in-4, demi-rel. veau. *Fig.*

27. — Albums, par Gavarni. 12 vol. in-fol., demi-rel. mar. vert, contenant un grand nombre de planches publiées par la Librairie nouvelle.

28. — Le Manteau d'Arlequin, par Gavarni. 1 vol. in-fol. cartonné. Épreuves du premier tirage.

29. — Œuvres choisies de Gavarni, revues, corrigées et nouvellement classées par l'auteur, avec des notices en tête de chaque série par M. P.-J. Stahl. *Paris,* 1848. 2 vol. in-8, demi-rel. veau.

30. — La Nature chez elle, par Théophile Gautier; eaux-fortes de K. Bodmer. 1 vol. in-fol. cartonné.

31. — Arthur Mangin. Les Jardins, histoire et description, dessins par Anastasi, Daubigny, Foulquier, François Freeman, Giacomelli, Lancelot. *Tours,* Alfred Mame et fils, 1867. 1 vol. in-fol. cartonné. *Fig.*

32. — L'Art pour tous, encyclopédie de l'art industriel et décoratif. *Paris,* A. Morel, 1861-1868. 7 vol. in-fol. cartonnés.

33. — Les Merveilles de l'art et de l'industrie, antiquité, moyen âge, Renaissance, temps modernes au salon de 1869. *Paris,* Jules Mesnard. 1 vol. grand in-4. broché. *Fig.*

34. — Album du cabinet d'armes de Sa Majesté l'empereur Napoléon III, pour faire suite au catalogue dressé par M. A. Penguilly-L'Haridon. *Paris,* 1867. 1 vol. in-4 demi-rel. mar. rouge. *Photographies.*

35. — Eaux-fortes de J. Jacquemart. Armures, pièces de harnais, armes blanches et armes à feu formant une partie de la collection d'armes de M. le comte de Nieuwerkerke. 1868, 1 vol. grand in-4 cartonné; en tête se trouve une dédicace autographe du comte de Nieuwerkerke.

36. — Les Gemmes et Joyaux de la couronne, publiés et expliqués par Henry Barbet de Jouy, conservateur du musée des souverains, etc.; dessinés et gravés à l'eau forte d'après les originaux, par Jules Jacquemart. *Paris,* 1865. 2 vol. in-fol. en portefeuilles.

37. — Les Collections célèbres d'œuvres d'art, dessinées et gravées d'après les originaux, par Édouard Lièvre. *Paris,* 1866. 38 livraisons.

38. — Collection Sauvageot, dessinée et gravée à l'eau forte par Édouard Lièvre, accompagnée d'un texte historique et descriptif par A. Sauzay, conservateur-adjoint des musées impériaux. *Paris*, 1863, en livraisons.

39. — Recueil des fayences françaises dites de Henri II et Diane de Poitiers, dessinées par Carle Delange et lithographiées par C. Delance et C. Borneman. *Paris*, 1861. 1 vol. in-fol., demi-rel. mar. violet.

40. — Monographie de l'œuvre de Bernard Palissy, suivie d'un choix de ses continuateurs ou imitateurs; dessinée par MM. Carle Delange et C. Borneman, et accompagnée d'un texte par MM. Sauzay et Henri Delange. *Paris*, 1862. 1 vol. in-fol., demi-rel. veau.

41. — La Touraine, histoire et monuments, publié sous la direction de M. l'abbé J.-J. Bourassé, illustrations par Karl Girardet et Français. *Tours*, Ad. Mame et Cᵉ, 1856. 1 vol. in-fol., demi-rel. mar. rouge.

42. — Traité de perspective linéaire, contenant les tracés pour les tableaux, plans et courbes, les bas-reliefs et les décorations théâtrales, par Jules de la Gournerie. *Paris*, 1859. 1 vol. in-fol. en portefeuille.

43. — Di ulteriori scoperte nell' antica necropoli a Marzabotto nel Bolognese, Ragguaglio del conte Giovanni Gozzadini. *Bologna*, 1870. 1 vol. grand in-4, broché.

44. — Traité d'architecture, art de bâtir, études sur les matériaux de construction et les éléments des édifices, par Léonce Reynaud. *Paris*, 1860. 1 vol. in-fol., planches, en feuilles. 1 vol. in-4 de texte, demi-rel. veau.

45. — Traité d'architecture, par Léonce Reynaud. *Paris*,

1858. 1 vol. in-fol. de planches en feuilles. 1 vol. in-4 de texte, demi-rel. mar. rouge.

46. — Mémoire sur l'éclairage et le balisage des côtes de France, par Léonce Reynaud. *Paris*, 1864. 1 vol. in-fol., planches. 1 vol. in-4 de texte, demi-rel. mar. vert.

47. — Étude sur l'architecture lombarde et sur les origines de l'architecture romano-byzantine, par F. de Dartein. *Paris*, 1865. 1 vol. in-fol. de planches. 1 vol. in-4 de texte; en livraisons.

48. — L'Ornement polychrome, par Racinet. *Paris*, Didot, 1869; 3 livraisons.

49. — Grammaire de l'ornement, par Owen Jones, illustrée d'exemples pris de divers styles d'ornement. Cent douze planches. *Londres* et *Paris*. 1 vol. petit in-fol. cartonné.

50. — Histoire de l'art égyptien, d'après les monuments depuis les temps les plus reculés jusqu'à la domination romaine, par Prisse d'Avennes. Ouvrage publié sous les auspices de Son Excellence M. Achille Fould, ministre d'État. *Paris*, Arthus Bertrand, 1858. In-fol. en livraisons.

51. — Ninive et l'Assyrie, par Victor Place. Ouvrage publié par ordre du gouvernement, sous les auspices de Son Exc. M. le maréchal Vaillant. *Paris*, 1865. In-fol. en livraisons.

52. — L'Architecture, du ve au xvie siècle, et les arts qui en dépendent, la sculpture, la peinture murale, la peinture sur verre, etc., publiée d'après les travaux inédits des principaux architectes français et étrangers, par Jules Gailhabaud. *Paris*, 1851. 180 livraisons.

53. — Le pays d'Israël, collection de cent vues prises d'après nature dans la Syrie et la Palestine, par C.-W.-M. Van de Velde, pendant son voyage d'exploration géographique en 1851 et 1852, dédié à Sa Majesté Guillaume III, roi des Pays-Bas. *Paris,* 1857. In-fol. en livraisons.

54. — Monographie du château d'Anet, construit par Philibert de Lorme en 1548, dessinée, gravée et accompagnée d'un texte historique et descriptif, par Rodolphe Pfnor. *Paris,* 1869. En feuilles.

55. — Voyage en Abyssinie, dans les provinces du Tigré, du Samen et de l'Amhara, par MM. Ferret et Galinier. *Paris,* 1847-1848. 1 vol. in-fol., demi-rel. mar. violet.

56. — Architecture nouvelle, par Victor Petit. 2 vol. in-fol. cartonnés.

57. — Petites constructions pittoresques dessinées d'après nature et lithographiées par Victor Petit. *Paris,* Monrocq frères. 1 vol. in-fol. cartonné. *Fig. en couleur.*

58. — Maisons de campagne des environs de Paris, par Victor Petit. *Paris,* Monrocq frères. 1 vol. in-fol. *Fig. coloriées.*

59. — Habitations champêtres, recueil de maisons, kiosques, etc., dessinés par Victor Petit. *Paris,* Monrocq frères. 1 vol. in-fol. *Fig. coloriées.*

60. — Le même ouvrage, *fig. en noir.*

61. — The Atlantic Telegraph, by H. Russell, illustrated by Robert Dudley. 1 vol. in-4, cart. *Fig.*

62. — Dessins originaux de maîtres allemands, pour armures de luxe, destinées à des rois de France; publiés

par J.-H. de Hefner-Alteneck. Photographiés à l'institut photographique de Frédéric Bruckmann. 1 vol. in-fol., en portefeuille.

63. — Egypte, Nubie, Palestine et Syrie, dessins photographiques recueillis pendant les années 1849, 1850, 1851, et accompagnés d'un texte explicatif par Maxime du Camp. *Paris,* 1852, 1 carton contenant 62 photographies.

64. — Les médaillons de David d'Angers, réunis et publiés par son fils. *Paris, impr. générale de Ch. Lahure,* 1867, 1 vol. grand in-4, demi-rel. mar. brun.

65. — De Vitré à Carnac. 1 vol. in-fol. oblong contenant 78 photographies.

66. — CONTES ET NOUVELLES en vers, par M. de La Fontaine. A Amsterdam, 1762, 2 vol. in-8, mar. rouge, filet, tranches dorées ancienne reliure. Superbe exemplaire de l'édition dite des Fermiers généraux. Il est très-rare de trouver un exemplaire aussi grand papier; les vignettes sont toutes de la même égalité de tirage et en épreuves superbes.

67. — Der Weiss Kunig. Eine Erzahlung von den Thaten Kaiser Maximilian der ersten. Von Marx Treitzsaurwein auf dessen Angeben zusammen getragen, Nebft ben von Hannfen Burgmair... Herausgegeben aus dem Manuscripte der K. K. Hofbibliothek. Wien, auf Kosten Joseph Kurzbocks, K. K. Hofbuchdruckers. 1 vol. petit in-fol. vélin. *Fig. sur bois,* publié en 1775.

68. — Schrenck (Jac.) Augustissimorum imperatorum, regum atque archiducum, illustrissimorum principum, necnon comitum, baronum, nobilium, clarissimorum vi-

rorum verissimæ imagines et rerum ab ipsis gestarum descriptiones, quorum arma in Ambrosianæ arcis armamentario conspiciuntur. 1 vol. in-fol., veau, contenant 126 portraits en pied de personnages célèbres.

Très-bel exemplaire de l'édition avec texte allemand, publiée à Inspruck, par Engelbert Noyse, en 1603.

69. — Historiæ Biblicæ Veteris et novi testamenti, Junioribus ad faciliorem eruditionem, senioribus ad vivaciorem memoriam divini verbi præconibus ad celeriorem reminiscentiam, omnibus ad utilem sanctamque curiositatem in centum frugiferis foliis. 1 vol. in-fol. oblong, veau, contenant 100 *planches*.

70. — Le Paradis perdu, poëme par Milton; édition en anglais et en français, ornée de douze estampes imprimées en couleur, d'après les tableaux de M. Schall. *Paris*, 1792, 2 vol. in-fol., veau.

71. — Portraits des hommes illustres des XVIIe et XVIIIe siècles, dessinés d'après nature, et gravés par Edelinck, Lubin, Van Schuppen, Duflos et Simonneau. 2 tomes en 1 vol. in-fol., demi-rel. mar. vert.

72. — Iconographie des portraits de Van Dyck. 1 vol. in-fol., demi-rel. mar. vert, tirage de la calcographie.

73. — Panthéon des illustrations françaises au XIXe siècle, publié sous la direction de Victor Frond. *Paris*, 1865, 5 vol. in-fol., demi-rel. mar. rouge.

74. — Antiquities of Great-Britain, illustrated in Views of monasteries, castles, and churches, now existing. Engraved from Drawings made by Thomas Hearne. *London*, 1786, 2 vol. in-fol. oblong, veau, aux armes de la duchesse de Berry.

75. — Recueil de cent sujets de divers genres, dessinés et gravés à l'eau forte, par J. Duplessis-Bertaux. Ouvrage dédié aux amateurs des beaux arts et aux artistes de toutes les nations. *Paris*, 1814, 1 vol. in-4 oblong, cart.

76. — La Botanique de J.-J. Rousseau. *Paris, Baudoin frères*, 1822, 1 vol. grand in-4, demi-rel. mar. rouge, coins.

77. — Atlas du voyage de La Perouse. 1 vol. in-fol., demi-rel. veau. En tête, se trouve le portrait de La Perouse, gravé par Tardieu.

78. — Atlas classique et universel de géographie ancienne et nouvelle, publié par Andriveau-Goujon. *Paris,* 1861, 1 vol. in-fol., demi-rel. mar. vert.

79. — Catalogue des objets d'art de la galerie San Donato. 1 vol. in-8, demi-rel., orné de 16 planches photographiées représentant les principaux objets de la collection.

ESTAMPES

80. — BOUCHARDON. Les Cris de Paris. 25 pièces imprimées en rouge.

81. — DEBUCOURT. Le Menuet de la mariée, superbe épreuve avec une grande marge.

82. — 2 volumes de gravures chinoises, sur bois, représentant des costumes et sujets divers. *Très-rare*.

83. — 4 Albums de croquis divers, par M. Penguilly-

L'Haridon, au crayon et à la mine de plomb (pourront
être divisés)..

84. — Théodore de Bry. Emblèmes entourés d'ornements du xvi⁰ siècle ; 15 pièces, très-belles épreuves.

85. — Sous ce numéro, il sera vendu plusieurs portefeuilles renfermant des eaux-fortes par Jacques, Blery,
Marvy ; lithographies par Géricault ; ornements, livres à
figures, tableaux, etc.

Paris. — Imp. PILLET fils aîné, rue des Grands-Augustins, 5.

RED. :

19

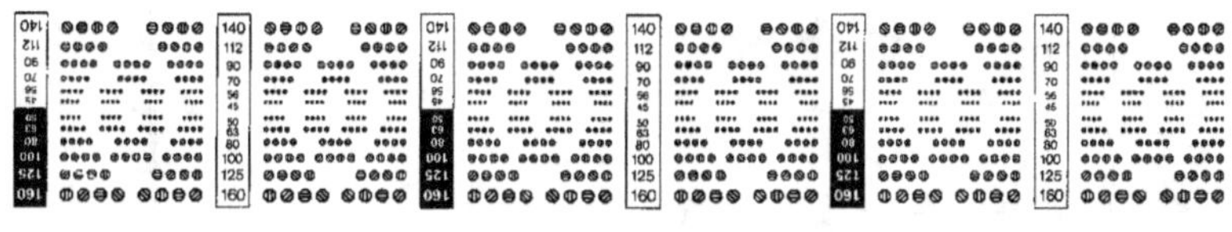

379.89.70
graphicom
0 1 2 3 4 5 6 7 8 9 10
MIRE ISO N° 1
NF Z 43-007
AFNOR
Cedex 7 - 92080 PARIS-LA-DÉFENSE